Nous nous aimions

VICTORIA LANE

ISBN : 9798862759648

Première édition 2023

Je t'aimais.
Tu m'aimais.
Nous nous aimions.

À toi,
Qui n'est plus là.

Tu te souviens de ce verbe,
Que nous répétions sans cesse.

Aimer. Aimer. Aimer.

Nous l'avions même conjugué.
Au présent et au futur, même si imparfait.

Je t'aime. Tu m'aimes. Nous nous aimons.
Je t'aimerai. Tu m'aimeras. Nous nous aimerons.
Sans savoir que ce ne serait que du passé.
Je t'aimais. Tu m'aimais. Nous nous aimions.

Oui, nous nous sommes aimés. En silence, en musique, en dansant, en chantant, en dormant, en hurlant aussi. Nous nous étions dit tellement de choses, de belles choses, des promesses qui ne sont aujourd'hui que des citations rêvées.

Les souvenirs sont comme les morceaux d'un puzzle qui se reconstitue par petits bouts. En désordre. Le désordre de l'esprit.

C'est le chaos dans ma tête.

Je peux me remémorer une caresse, un merveilleux moment en ta compagnie, puis passer du rire aux larmes en une fraction de seconde.

Des souvenirs, C'est tout ce qu'il restera de notre relation.

Des souvenirs.

Ces souvenirs, je les ai couchés sur le papier, comme ils venaient, à l'instant T.

Et puis, il y a ces émotions que l'on ne peut contrôler. Parfois je t'aime, parfois je te hais.

De l'amour à la haine, il n'y a qu'une syllabe.

Je n'arrivais pas à le dire.
Cette phrase, je voulais la fuir.
Je l'ai d'abord pensé,
Sans vraiment vouloir me l'avouer.
Alors j'ai pris ma plume,
L'esprit rempli d'amertume.
Mais même là c'était difficile,
Et d'une main fragile,
Il m'a fallu l'écrire en tout petit.

C'est fini.

Parfois j'aimerais oublier.
Parfois j'aimerais recommencer.
Parfois j'aimerais t'enlacer.
Parfois j'aimerais t'étrangler.
Parfois j'aimerais te revoir sourire.
Parfois j'aimerais te voir souffrir.
Parfois j'aimerais être ton ombre.
Parfois j'aimerais que tu sombres.
Parfois j'aimerais t'embrasser.
Parfois j'aimerais te tuer.
Parfois, seulement parfois...

Nos mains entrelacées.
Nos lèvres ne pouvant se quitter.
Cette chaleur qui nous unit.
Cette flamme qui nous réunit.

Nos corps ne faisant qu'un,
Ne voulant pas de lendemain,
Ou juste pour réitérer,
Ce moment pour l'éternité.

Je ne pensais pas
qu'on ferait une trêve.
Tout ceci n'est plus qu'un rêve.

Le temps d'un regard.
Le temps d'un sourire.
Le temps d'un baiser.
Le temps d'une chanson.
Le temps d'une nuit.
Le temps de s'aimer.

Le temps de s'habituer.
Le temps de s'ennuyer.
Le temps de se détester.
Le temps de se quitter.
Le temps de regretter.
Le temps d'oublier.
Le temps qui passe.

Je ne verrai pas les rides se construire sur ta peau.
Je ne serai pas celle qui les dessinera.

Il y a eu les disputes.
Il y a eu des mots abrupts.
Des menaces, des luttes.
On est passé des câlins aux insultes.

Toujours dans ta ligne de mire,
Tu attendais un faux pas pour me pourrir.
Mais je me souviens surtout de nos rires.
À cet instant, je ne garde que les bons souvenirs.

Ils doivent encore flotter dans l'air,
Ces mots dont je ne suis pas fière.
Ils se perdront comme des âmes dans le néant.
Attirés comme deux aimants, deux amants,
L'attraction n'avait jamais été aussi démente.
Et pourtant, on le savait, qu'on avait foiré.
Notre navire s'était échoué.
Il n'y avait plus rien à sauver.

Ne me quitte pas.

Ces mots, je me souviens les avoir susurrés.
Tu les as entendus, car tu t'es retourné.
Tu as hésité, j'ai voulu les ravaler.
En attente d'une réponse, ils sont restés figés.

La bougie vacillait au milieu de la table. Les pétales de rose sentaient bon le quatorze février. Une Saint-Valentin que je n'oublierai jamais. Une soirée pour nous prouver que l'on s'aimait.

Ça me fait tellement mal d'y repenser.

J'aimerais détruire tous ces instants.

Ne plus revivre ces moments.

Car me rappeler à quel point nous étions heureux, me fait penser que je ne trouverai pas mieux.

Tu m'as laissé
croire que
nous étions
destinés
pour mieux
m'abandonner.

Le silence.
Un merveilleux silence.
Un silence qui planait entre nous.
Il n'y avait pas besoin de parler,
Juste de se contempler.
Le silence de l'amour.

Le coup de foudre,
Je l'ai connu toutes les nuits à tes côtés.
Quand nous étions allongés,
Que ton regard me foudroyait,
Que tes mains me touchaient.
Mon corps tout entier,
Se mettait à trembler,
Traversé par un éclair,
Qui faisait frissonner ma chair,
Grondait dans ma tête comme le tonnerre,
Pour ne plus me faire toucher terre.

J'ai arraché cette photo qu'on avait prise,
Ce qu'il restait de notre histoire,
Pour me défaire de ton emprise,
Mais je vois encore ton reflet dans le miroir,
Qui se glisse derrière moi le soir,
Pour m'enlacer dans le noir.

Un mirage qui me fait croire
À un présage qui arrivera trop tard.

Tu me hantes
comme ce temps
que nous avons
perdu et que
nous ne
rattraperons
jamais.

Il y a des personnes
qu'on n'oublie
jamais.

Des personnes
qu'on aimera
peu importe
le mal qu'ils
nous ont fait.

Tu es cette
personne.

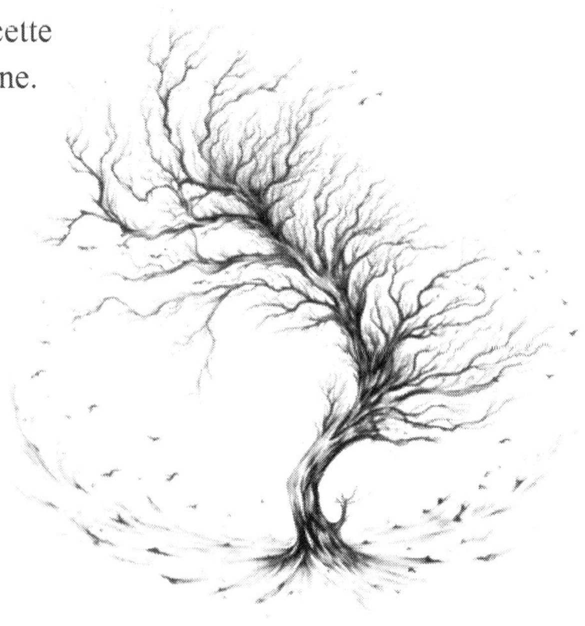

Le soleil se couchait à l'horizon,
Alors que nous nous tenions
Main dans la main
Et que nous marchions
Sur la digue de notre destin.

On s'était arrêté
Pour échanger un baiser.
On s'était promis
Que ce serait pour la vie.

Quand la nuit est tombée,
On ne s'est pas retourné,
Ne voulant pas regarder le passé
Pour continuer à s'aimer.

Suis-je seule à regretter ?
Suis-je seule à pleurer ?
Comment te sens-tu ?
Que fais-tu ?
As-tu de la peinc ?
Ressens-tu de la haine ?
As-tu du mal à te nourrir ?
Envisages-tu le pire ?
Toi aussi t'aimerais t'envoler ?
Pour nous retrouver ?

J'aurais pu mourir pour toi.
J'ai failli mourir sans toi.
J'ai voulu mourir après toi.
J'ai rêvé de te tuer pour t'emmener avec moi.

Ne m'en veux pas
de te détester
autant que je
t'ai aimé.

Il peut être plus beau que toi.
Plus intelligent que toi.
Plus adorable que toi.
Plus généreux que toi.
Il peut être tout plus que toi.
Le problème est qu'il n'est pas toi.

Je refuse
de revivre
ce bonheur
devenu
ma douleur.

Il ne pourra pas te remplacer.
Je ne sais pas si j'y arriverai,
Un jour de nouveau conjuguer,
Ce si beau verbe qu'est aimer.

Je suis jalouse.

Une autre prendra ma place.
Je ne veux pas que tu me remplaces.
Je veux que la solitude te hante,
Que tu en trembles, en perd tes sens.
J'aimerais t'imaginer,
Perdu dans l'obscurité,
Sans aucune clarté,
Noyé pour l'éternité,
Dans un océan de chagrin,
Ne retrouvant plus ton chemin.

Je t'aime.

Nous l'avons dit à l'unisson,
Pour sceller notre union.
Nos lèvres se sont touchées,
Nos langues entremêlées.
Nous l'avons répété encore,
Encore, encore et encore,
Parce que...

Nous nous aimions.

Tu es ma première fois.
Mon premier baiser.
Mon premier émoi.
Mon premier cœur brisé.
Je me suis juré,
Que tu serais le dernier.

J'aurais peut-être dû te retenir
Quand tu as voulu partir.

Ton absence
me rappelle
que j'ai besoin
de toi pour
survivre.

Je n'ai pas honte des larmes versées.
Une dernière coule en écrivant,
Ces mots qui te sont destinés,
Qui s'envoleront avec le vent,
Se consumeront comme de l'encens,
Te parviendront noir sur blanc.

Quand tu comprendras
que tu as perdu
celle qui te convenait,
mon envie de t'aimer
aura disparu.

On avait dessiné un cœur dans le sable.

Nos initiales au beau milieu, entremêlées.
On est restés là, à les admirer.
La mer est vite montée.
Trop vite pour les préserver.

Nous aurions dû le graver dans le marbre.

Je t'ai tout donné.
Tu m'as tout pris.
Même mon cœur.
Puis tu es parti.

Tu aurais pu
me laisser
le peu qu'il
me restait
mais tu as
emporté
ma dignité
avec toi.

On s'est construit ensemble.
On a grandi ensemble.
Tu as forgé ma personnalité.
J'aimais tout ce que tu étais.
Mais on a fini par changer.
Puis je me suis perdue en voulant te retrouver.

J'aimerais revenir en arrière,
Pour effacer notre rencontre.

J'aimerais ne jamais avoir été aussi heureuse,
Car plus rien ne sera jamais comme avant.

Et si notre
erreur n'avait
pas été de
se séparer
mais de
tout simplement
avoir tenté
de s'aimer ?

L'amour est un marathon.
Nous deux, c'est allé trop vite.
On a voulu prendre ce risque,
D'accélérer dans une course de fond.

On a pas voulu les écouter,
Ceux qui nous disaient,
Qu'on devait peut-être freiner,
Pour apprécier ce qu'on vivait.

On s'est laissé transporter,
On s'est essoufflé.
Qui aurait pu prédire que la ligne d'arrivée,
Était si proche de notre destinée.

J'étais au centre de l'univers. Car tu étais mon univers. J'étais ta moitié. On se complétait. On se comprenait sans même avoir besoin de parler. Sans un mot sans même lever un sourcil. Juste de se regarder.

On a fini par ne plus communiquer. Parce qu'on savait tout l'un de l'autre. Tu connaissais mes phrases à l'avance. Je savais ce que tu allais dire avant même que tu y penses.

Et quand dans tes yeux, j'ai lu la lassitude, j'ai su qu'était venu le temps de la rupture.

Après tout
ce qu'on a
vécu nous
sommes
redevenus
des étrangers.

Ce matin, je me réveille.
Les draps sentent encore ton parfum miel.
Je me retourne pour te prendre dans mes bras.
Mais tu n'es plus là...

C'était si difficile que ça
de m'aimer ?

C'était si facile que ça
de me quitter ?

Au début, tu étais attentionné.
Au début, tu étais sincère.
Au début, tu étais enjoué.
Au début, tu étais amitié.
Au début, tu étais l'élégance.
Au début, tu étais la confiance.
Au début, tu étais la bienveillance.
Au début, tu étais la patience.
Au début tu étais...
Au début...

Tu me faisais rire.
Tu me faisais sourire.
Tu me faisais jouir.
Tu me faisais grandir.

Tu m'écrivais des poèmes.
Tu me glissais des « je t'aime ».
Tu m'emmenais au septième ciel.
Tu voulais même planter ta graine.

Tu me faisais du bien.
On se contentait de rien.
Ton corps contre le mien.
Ta tête posée entre mes seins.

Tout recommencerait.
Pas vrai ?
Si on tirait un trait et si on le voulait,
Est-ce que les beaux jours reviendraient ?
Est-ce qu'il cesserait de pleuvoir ?
Penses-tu qu'il y a un petit espoir ?
Que nous revivions cet éden.
Que nous puissions oublier nos peines.

J'aimerais
guérir
de cette
maladie
qui se
nomme
l'amour.

Et si un jour tu décides de revenir,
Je crois que je ne pourrais me retenir,
De te dire oui, de te sentir,
De rêver un nouvel avenir.

S'il te plaît, reste loin.
Très loin, très très loin.
Même si je te supplie,
Ne reviens pas.

J'ai tellement tout fait pour te plaire,
Que je ne suis peut-être pas celle,
Que je croyais être.

J'espère me tromper.

La fille que tu as connu,
Je l'aimais énormément.

Je ne suis
pas sûre
de pouvoir
en aimer
une autre.

Je suis certaine
de ne pas le vouloir.

J'ai effacé ton numéro de mon répertoire,
Mais pas de ma mémoire.
Il m'arrive de le composer,
Sans oser t'appeler.

J'aurais mille choses à te dire,
Peut-être pour en finir,
Mais ta voix me ferait frémir.
Je fonderais comme une bougie de cire.

Et s'il revenait...
ce serait pour
me briser
comme il l'a
déjà fait.

Tourner la page.
C'est ce que les gens disent.
Tourner la page.
Comme si l'amour était un livre.
Un roman que l'on referme.
Qu'on range dans une bibliothèque.
Qu'on laisse prendre la poussière.
Comme si l'amour était une page,
Que l'on arrache.
Des phrases que l'on recrache.
Des mots que l'on efface.
Ces gens là,
N'ont jamais connu le véritable amour.

Ma plume est une arme.
Les mots sont mes balles.
Je t'entends déjà hurler.
J'écris pour te faire pleurer.

J'ai oublié de m'aimer
en t'aimant trop.

Avant toi, je ne connaissais pas l'amour.
Avant toi, je ne connaissais pas le bonheur.
Avant toi, je ne connaissais pas la colère.
Avant toi, je ne connaissais pas la rancœur.
Avant toi, je ne connaissais pas la haine.
Avant toi, je ne connaissais pas la tristesse.
Avant toi, je ne connaissais rien.

Tout était
mieux avant le
commencement
de nous deux.

Et après toi, il reste quoi ?
Un ciel sans étoile.
Un peintre sans toile.
Un corps sans âme.
Une femme qui va mal.

J'ai essayé, j'ai vraiment essayé.
Quand il m'a touchée, m'a embrassée,
C'est tes mains qui m'ont caressée,
Tes lèvres qui m'ont effleurée.

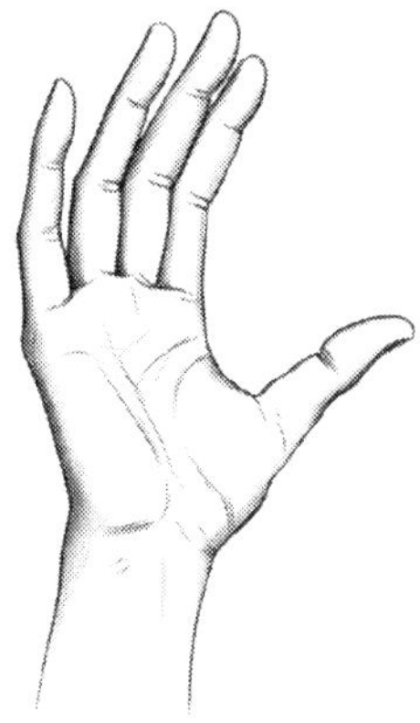

L'amour est un poison.
Une addiction.
Une malédiction,
dont il est difficile
de se défaire.

Cette entaille est la tienne.
Tu dois avoir la même.
La morsure d'une couleuvre.
Une blessure qui est ton œuvre.

Un tatouage invisible,
Une citation illisible,
Mais pourtant bien là.
Je vais devoir vivre avec ça.

Peu importe où j'irais,
J'emmènerais notre passé.
Une âme blessée,
Voilà ce que tu as laissé.

Tu as laissé une marque indélébile,
Une cicatrice sur ma poitrine,
Qui montre que tu as pénétré à l'intérieur,
Pour m'arracher le cœur.

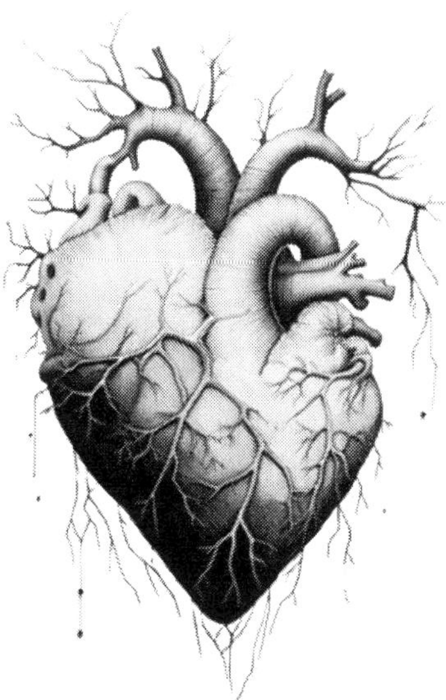

Je suis fatiguée.
Épuisée de t'aimer.
Exténuée de te détester.
J'en ai assez de te rêver.
De te voir partout où je vais.
Je suis lassée de mes pensées.
J'en ai marre de te fantasmer.
Je suis fatiguée !

Cet amour
se transforme
en haine
car j'aimerais que
tu m'appartiennes.

Et j'ai su que t'étais un homme bien
Quand tu as demandé la permission.
Mais j'ai toujours eu cette sensation
Qu'avec toi ce ne serait rien,
Si tu ligotais mon cœur,
Malmenais mon corps,
Je n'aurais fait aucun effort,
Tu pouvais me faire du tort,
Me rendre complètement folle,
Faire de moi ta chose.
Et on aurait échangé les rôles,
Pour qu'aucun de nous s'envole.

Ai-je vraiment envie d'effacer le passé ?
D'oublier tes baisers.
D'annuler nos douces soirées.
De perdre ce qu'on a fondé.
De bazarder toutes ces années.
De me débarrasser de ton visage.
De croire que tout était un mirage.
De laisser ton souvenir s'évaporer.
D'annihiler cette relation à jamais.
De sacrifier cet amour passé.
D'enfouir ce trésor qu'on a été.
Ai-je vraiment envie de tout jeter ?

Demain est un nouveau jour.
Mon cœur désormais fermé à double tour,
Ne veut plus rejouer au jeu de l'amour,
Même si c'est pour toujours.

Pourquoi veulent-ils
que je retombe
dans ce piège ?

À quoi bon recommencer
Si c'est avec un autre que toi.
À quoi ça sert de s'aimer
S'il faut un Pourquoi.

Je t'aime.

On se l'était dit dans toutes les langues.
On s'était promis de voyager,
D'emmener cet amour visiter le monde.
De faire le tour de la terre.
De remuer ciel et mer.
De prouver aux autres que l'amour est fécond.
Et on a voyagé, à notre manière,
Sans vraiment quitter notre tanière,
Parce que l'amour donne des ailes.

Et,
Je me noie,
Dans cet océan,
Qui coule pour toi,
Se déverse sur mes joues,
En repensant comme nous étions fous,
De croire que nous pouvions stopper le temps.
Je t'aime. Je t'aime. Je t'aime. Je t'aime. Je t'aime. Je t'aime. Je t'aime. Je t'aime. Je t'aime. Je t'aime.
Je tente de nager pour me sortir la tête de l'eau,
Il me faudra plus que de simples mots,
Pour m'échouer sur la plage,
Atteindre le rivage,
Car moi sans toi,
Je me noie,
Et,

Je pleure.

Il n'y a
rien de plus
douloureux
que de savoir
que vous vivrez
ce qu'on
aurait dû
vivre ensemble.

Je meurs de
savoir que tu
seras plus
heureux
sans moi.

Quand on a connu le paradis,
Il est difficile de revenir en arrière.
L'enfer,
C'est de redescendre sur terre,
Seule,
Quand ensemble,
On a touché le ciel.

C'est ça que tu veux ?
Que je pleure ton départ ?
Tu veux me voir souffrir ?
Tu aimes m'entendre pleurer ?
Ça te réconforte de savoir que je suis mal ?
Es-tu vraiment aussi sadique que je le suis ?

Tu es la
lame qui
m'a transpercé
le cœur.
Tu aurais pu
me sauver
en y restant
logé.

Es-tu heureux,
De savoir que je meurs,
Lentement, à petit feu,
De ne plus te revoir,
De perdre tout espoir,
De sombrer dans le désespoir,
Dans un monde devenu noir.

Nous étions inséparables.
Comme ces oiseaux qui ne peuvent se quitter.
On dit que lorsque l'un d'eux disparaît,
L'autre le rejoint peu après.
Je me sens mourir depuis ton départ.
Comme une droguée qui attend sa dose.
Les sourires se font rares.
Les jours deviennent moroses.
Mes idées sont noires.
Et quand arrive le soir,
Je pense à m'endormir à jamais,
Pour ne jamais me réveiller.
Parce que nous étions inséparables.

Tes paumes sur mes joues,
Tu essuyais mes larmes,
Quand tout allait mal.
Elles coulent,
Reflet de mon âme,
Tu n'es plus là pour les boire.

Je dois être naïve pour
avoir cru qu'avec toi
ce serait différent.

Parfait existe.
Parfait, c'est toi.

C'est ta voix qui susurre à mon oreille.
C'est ton souffle qui se propage sur ma nuque.
C'est tes lèvres qui m'embrassent.
C'est tes mains qui me caressent.
C'est tes bras qui me serrent.
C'est tes yeux qui me transpercent.

Parfait n'existe plus.
Parfait, c'était toi.

Des défauts, tu en avais.
Pourtant, je les aimais.
Des qualités, tu en possédais.
Désormais, je les hais.

J'aurais pu tout
accepter venant
de toi même
l'inacceptable.

Pourquoi je choisis toujours ton sosie ?
Peut-être parce que j'ai cette envie,
Que tu sois encore dans ma vie,
De ne plus être seule dans mon lit.
J'appelle ça de la folie.
Mais la réalité, je la fuis.

J'en viens
même à me
demander
si tes
« je t'aime »
étaient
sincères.

Je t'aimais avant même de te connaître.
Comme une sensation étrange de renaître,
Quand tu es arrivé dans ma vie,
Et que tu as comblé en partie,
Ce vide qui est revenu aujourd'hui.

Je ne te
pardonnerai
jamais d'avoir
assassiné
celle que j'étais
avant de te
rencontrer.

Tu es la
tornade
qui a
emporté
tout ce
que j'étais.

Je les entends,
Les battements de mon cœur,
Qui hurlent leurs sentiments,
Me frappent avec douleur,
Et font subir à mon corps,
Ce que mon esprit refuse encore.

Et je fais semblant
Devant les gens
Que tout est comme avant.
Mais rien ne sera plus jamais pareil.
Quand je regarde le ciel,
Je repense à nos « Je t'aime ».

Fais-moi rêver comme avant.
Fais-moi arrêter le temps.
Fais-moi redevenir une enfant.
Fais-moi me sentir vivant.
Fais-moi fuir ce monde.
Fais-moi oublier l'immonde.
Fais-moi planer au-dessus des nuages.
Fais-moi voguer loin du rivage.
Fais-moi frémir avec tes mots.
Fais-moi marcher sur l'eau.
Fais-moi vivre l'inoubliable.
Fais-moi voir ce dont tu es capable.
Fais-moi la cour comme au premier jour.
Fais-moi juste l'amour.

Je prends goût à te maudire.
Comme une sorte de thérapie.
Ces sentiments, j'aimerais les fuir.
Je n'en dors plus la nuit.

Je dois être mauvaise
pour vouloir
que tu ressentes
la même souffrance
que tu m'infliges.

Et ça me fait mal de les voir si heureux.
Les autres.
Ceux dont l'amour éclore.
Ils ne savent pas ce qui les attend.
Bientôt, ils seront comme moi.
Une enveloppe vide.
Un corps sans âme.
Ils ne savent pas que la magie va s'évaporer.
Mais moi je sais.
L'amour n'est pas éternel.

Une rupture n'est jamais facile.
Il ne suffit pas d'un battement de cils.
Pourquoi est-ce si difficile,
À la limite de l'impossible.

Je t'ai tellement attendu
que je pensais que
c'était un rêve.

J'aurais voulu ne jamais
me réveiller.

Tu as soufflé
sur la flamme
de notre amour
pour l'éteindre
alors que la bougie
aurait pu se
consumer pour
l'éternité.

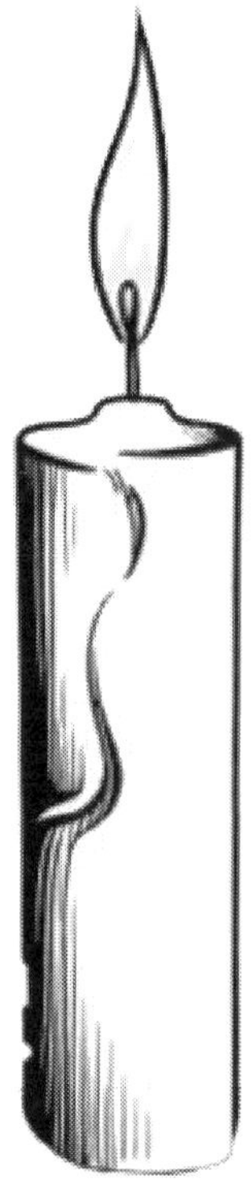

Jamais on ne se mentira.
Jamais on ne se détestera.
Jamais on ne se disputera.
Jamais on ne se quittera.

Puis Jamais est arrivé.

Parce que jamais est comme l'amour,
On y croit jusqu'au jour,
Où arrive notre tour,
D'atteindre le point de non-retour.

Je vais devoir
apprendre
à m'aimer
sans que
personne
ne m'aide
ce que je
n'avais jamais
réussi à faire
avant que tu
me montres
mon véritable
reflet.

J'ai peur
de me
regarder.

Voilà ce que je répondrais,
À un simple « Comment tu vas ? ».
Je vais bien, ne t'en fais pas.
Car si je disais la vérité,
Il faudrait tout expliquer.
Je n'ai pas envie de me replonger,
Dans ce douloureux passé.

Il n'y a
qu'un seul
toi mais
des centaines
comme moi.

Ce ne sera
pas compliqué
de me remplacer.

Peut-être que
tu l'as déjà
trouvé.

Et si on me dit que tu es pitoyable,
Dans un état lamentable,
Que tu te sens minable,
Et à la fois coupable,
Peut-être je retrouverai le sourire,
Un semblant de joie de vivre.
Peut-être...

Le

désordre

dans ma

tête

en pensant

à toi

à moi

à nous

et à

ce qu'on

aurait

pu être

...

Reprends-moi,
Frappe-moi,
Insulte-moi,
Évite-moi,
Salis-moi,
Rabaisse-moi,
Dénigre-moi,
Dégrade-moi,
Broie-moi,
Méprise-moi,
Souille-moi,
Mens-moi,
Violente-moi,
Domine-moi,
Opprime-moi,
Trompe-moi,
Jette-moi.

Je veux te détester,
Pour ne plus te désirer.

Tu m'as mise à genoux.
Il fut un temps où j'aimais ça.
Oui, je l'avoue,
Quand tu étais debout,
Les yeux baissés sur moi,
Juste avant nos ébats.
Mais à cette époque-là,
Je ne pleurais pas.
Tu m'as mise à genoux.
Je suis à bout.
Je n'arrive plus à me relever.
Tu n'es plus là pour m'aider.

Je crève et
je sais que
tu t'en fous.
C'est ce qui
me fait le
plus de mal.

Tu as tiré ton amour sur moi,
Pour m'atteindre en plein cœur.
Je suis tombée dans tes bras,
Pensant que c'était un leurre.
Je ne savais pas, à ce moment-là,
Que tu avais tiré à balles réelles.

Je saigne.

Je veux que tu chiales.
Je te veux en miette.
Je veux que tu miaules.
Je te veux à mes pieds.
Je veux te voir supplier.
Je veux t'entendre chouiner.
Je veux te voir saigner.
Je veux t'entendre hurler.
Je veux que tu regrettes.
Je veux que tu te soumettes.

Je te veux !

J'avais tout,
Même si je n'avais rien.
Tu étais mon tout,
J'étais le tien.

Je n'ai plus rien à perdre.
Parce que j'ai tout perdu.

Il n'y a pas de remède à ma peine.
Car même si j'essaye,
De stopper le saignement,
Le pansement s'imbibe de sang.

Ils disaient qu'on était beau,
Qu'on était fait l'un pour l'autre,
Qu'ils échangeraient leurs places et la nôtre,
Car rien ne semblait faux.

Ils ne disent plus rien.
Ou juste que ce n'est rien.
Que tout a une fin.
Toujours ce même refrain.

Tu m'avais dit,

J'aime toutes les femmes.
Elles ont toutes du charme.
Puis tu es arrivée.
Et tu les as toutes surpassées.

Ce que jamais on me redira.

Un souvenir qui ressurgit,
Comme une étoile file dans la nuit.

Ta main dans mes cheveux,
Mes yeux fixent le ciel,
Tes doigts minutieux,
Qui vont et qui viennent.

Ton corps me tient chaud.
Ton souffle me fait frissonner.
Mes griffes sur ton dos.
Un grognement apparaît.

Sauvage comme un loup,
Tes crocs me vampirisent le cou,
Et me laissent une marque sauvage,
Qui restera dans ma mémoire.

J'aimerais
renaître
comme le
jour de notre
rencontre.

Mais ça n'arrive qu'une seule fois.

Je ne savais
pas qu'un
papillon
pouvait
redevenir
chenille.

Elle est encore là,
Cette étincelle.
Je la sens en moi.
Et il suffirait que tu reviennes,
Pour que la flamme de nouveau s'attise,
Et que le feu se ravive.

Un dernier baiser.
Un dernier « je t'aime ».
Une dernière caresse.
Une dernière tendresse.
Un dernier regard.
Et même pas un « au revoir ».

On ne les a pas vu arriver ces dernières fois.
Si on avait su, on les aurait fait durer.

Rien qu'un
baiser
et j'étais
devenue
accro
à tes lèvres.

Je n'aurais jamais cru,
Que tu pouvais être responsable,
De mes larmes, de mes drames.
Si seulement j'avais su...

J'ai l'impression d'être une fleur qui se fane.
Pourquoi m'as-tu arraché mes pétales ?
Avais-tu besoin de butiner mon âme,
Avant que l'été ne s'éloigne,
Et laisse place à ce nuage qui plane,
Sur moi et fait gronder cet orage infernal.

Pourquoi personne
ne m'a dit que
l'amour
faisait aussi
mal ?

Pourquoi je t'en veux,
Si je t'aime encore un peu,
Que tu es plus heureux,
Sans moi, sans nous deux.

Je devrais me réjouir,
Ne pas vouloir t'anéantir,
Arrêter de te nuire,
Simplement te laisser partir.

C'est plus facile de te haïr,
Que d'accepter ton bonheur,
Et quand viendra l'heure,
Je ne te laisserai qu'un soupir.

Je n'avais pas
besoin de
ton amour.
J'avais juste
besoin que
tu sois là.

Tu pouvais
m'aimer moins
si ça te
faisait rester
près de moi.

J'ai toujours eu l'habitude de la solitude,
Mais ton absence se fait rude.
Je me sens abandonnée,
Et je la sens arriver,
Celle que je redoute,
Qui construit sa route,
Et s'avance vers moi,
Sans savoir que je la vois.
J'ai peur de ce qu'il se passera,
Quand elle sera là.
Je connais son nom.
Elle se nomme dépression.

Et même
si tu reviens,
J'aurais toujours
cette boule
dans mon ventre.
La peur de te
revoir partir.

J'avais confiance.
On se faisait des confidences.
Tu sais tout de moi.
Sauf que je n'ai plus confiance en toi.

Les mots peuvent aimer.
Les mots peuvent blesser.
Les mots peuvent guérir.
Les mots peuvent tout.

Laissez-moi
déverser mon sang.
C'est la seule chose
qui me fasse oublier.

Je me sentais
belle à travers
ton regard.

Ma laideur
a refait
surface.

Et parfois je fixe
la feuille blanche
et je me dis
qu'il n'y a pas
besoin de rime
car elle exprime
très bien le vide
que tu as laissé.

Je ne fais
plus que
des rêves
où tout
est noir
autour
de moi.
Je descends
les marches
d'un escalier
interminable
en forme
de tourbillon
et aucune
lumière
en bas.

Mon cauchemar
s'est réalisé.

On s'était promis de s'aimer.
Et on l'a fait.
On s'était promis de ne pas se quitter.
Mais on a échoué.

C'est donc ça, alors, les promesses.
Des paroles en l'air.
Des phrases que l'on écrit à l'encre,
Et qui s'effacent avec le temps ?

C'est donc ça, alors, l'amour.
Des sentiments qui s'évanouissent.
Des émotions qui pourrissent.
Une passion qui s'éclipse.

Je sais que ce n'est pas aussi triste.
Je ne veux pas y croire.
Je ne peux pas y croire.

Je sais que je t'aimerais toujours.
Peut-être moins qu'avant,
Peut-être de moins en moins avec le temps.
Et je sais que tu m'aimeras encore.
Tu ne crois pas ?

Une femme est une pierre précieuse,
Que tu te dois d'entretenir.
Un diamant que tu dois polir,
Ou elle devient poussiéreuse.

Tu as laissé
le temps
me recouvrir
d'une couche
de crasse
qui ne veut
plus partir.

La lumière est tout prêt.
J'ai peur de m'en approcher.
Il me suffirait d'un petit pas,
De tendre le bras,
Pour la toucher.
Mais je ne sais pas,
En réalité,
Ce que je trouverai,
Quand j'oserai la traverser.

Tu es ce
bonbon acidulé
qui me pique la langue,
me brûle la gorge,
enflamme ma trachée,
et que je veux
à tout prix
recracher.

Lettre à moi-même.

Tu n'as pas besoin de lui. S'il ne voit pas la fille extraordinaire que tu es, c'est qu'il ne te mérite tout simplement pas.

Il ne mérite pas ton amour.
Il ne mérite pas de t'aimer.
Il ne mérite pas tes larmes.

Tu n'as besoin de personne,
Même si son nom résonne,
Rappelle-toi qu'il est l'homme,
Qui a rendu ta vie monotone.

Tu l'oublieras. Et quand tu repenseras à ces jours pluvieux, tu riras de ta propre bêtise. Tu te demanderas comment tu as pu te mettre dans cet état pour une rupture qui au final te libère de ses chaînes. Tu es libre et la vie est si courte. Profite de chaque instant, chaque moment, chaque minute, chaque seconde. Et cesse d'être exigeante envers toi...

Arrête de prendre soin des autres avant de penser à toi. Tu te dois de te respecter, de t'aimer, et seulement après, tu pourras donner un peu d'amour à ceux qui le méritent vraiment, ceux qui t'aiment et qui te le prouvent chaque jour.

Tu mérites ton amour.
Tu mérites de t'aimer.
Tu mérites le bonheur.

Et n'écoute pas ceux qui veulent te rabaisser. Ils ne veulent qu'une chose, te voir échouer. Simplement pour se rassurer dans leur médiocrité.

Tu n'as besoin de rien.
Juste de prendre soin,
De la perle que tu es,
Que les gens te voient briller.

Ce que j'aimerais réussir à te dire ?

Je suis plus heureuse maintenant.
Je redécouvre la vie comme avant.
Je souris, je ris, je m'épanouis.
J'embrasse et j'enlace la vie.
Je m'aperçois que je suis bien mieux,
Sans ta voix, sans tes yeux.
Je t'ai oubliée,
je ne te veux plus.
C'est terminé,
Je ne t'aime plus.

Mais ce serait mentir.

Merci d'avoir lu mes maux.

Si vous cherchez Victoria Lane sur les réseaux sociaux, vous la trouverez sur TikTok et Instagram.

@victorialane_autrice

Pour suivre les futures parutions et découvrir ses autres livres, suivez son compte sur Amazon.

Printed in France by Amazon
Brétigny-sur-Orge, FR

16376830R00066